안 되는 줄 ⟨⟨ 알면서도

안 되는 줄 ≈ 알면서도

되는 일도 없는데 살도 안 빠질 때

글·그림
재 윤

이로츠

안 되는 줄 알면서도

초판 1쇄 발행 2019년 8월 31일

글·그림   재윤
펴낸이   노수정

편집   김훈태
디자인   표지 디자인 규, 본문 오은영

펴낸곳   이로츠
출판등록   2016년 3월 15일 제 2016-000023호

주소   서울시 서대문구 모래내로 20길 24-11, 302호
전화   070-4179-1474
이메일   yrots100@gmail.com

ISBN 979-11-957768-5-6   03810

이력서를 쓴다면, 특기 란에 이렇게 적고 싶다.

다이어트 시작하기

물론 다이어트 성공하기가 아니다.
이 정도면 포기할 만도 한데, 여전히 희망을 잃지 않고
언제나 '다시 시작하자'고 생각하는 다이어트 의지만큼은
내가 생각해도 대단하다.

그런 대단한 의지가 있으니
조금만 더 노력하면
그 의지를
'이 힘든 삶'에도 발휘할 수 있을 것이다.
그런 식으로
절망과 슬픔을
내일을 살아가는 힘으로 바꿔볼 수 있을지도 모른다.

차 례

이상한 일

먹어봤자 고만큼이구만

내가 먹으면 뭘 얼마나 먹는다고

잘못본 걸세

관심법인가

1인분의 양은 누가 정한 건가

내 양을 어찌 네가 안단 말이냐

1kg의 법칙

그것도 죽자고 빼야만

느는 건 하룻밤

빼는 건 일주일

2kg의 법칙

제논의 역설

누구나 다 2kg만 빠지면 좋겠다고 말하지만

절대로 닿을 수 없는 무게

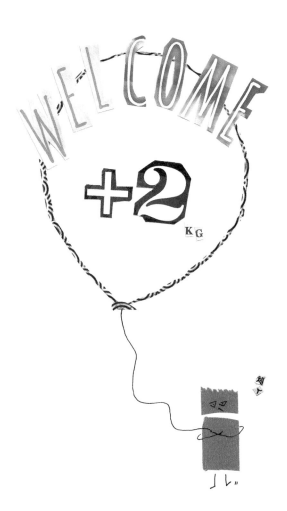

나도 젊어봤다

늙는 건 한 순간

젊은이여

나도

아무리 먹어도 살 안찌는 시절이 있었다네

젊은이여
나도
말라봤다네

숫자이동

이쪽으로 오시게

이래도 안 줄고 저래도 안 줄어

이왕 늘어날 거면 이쪽으로 오시게

같은 숫자거늘 이리 오면 어떠리

나지막이 불러줌세

내 계좌번호

밤 수박

설마

자네, 더위 먹었는가

엊그제보다 덜 먹었는데

숫자는 왜 더 나가는가

수박 탓을 해보지만

저녁에도 줄지 않네

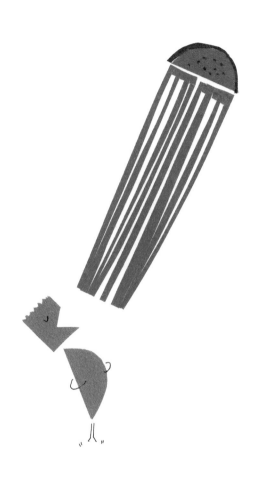

배의 것

그 배는 누구 것

내 것이라 생각해도 남의 것처럼 붙어 있는 뱃살

여름이건만

불균형

나잇살은 바보인 듯

말라야 할 곳은 찌고

쪄야 할 곳은 마르니

시간의 지혜는 어디로

신소재

자연소멸패브릭

입으면 입을수록 줄어드는 바지

나도 모르는 신소재인가

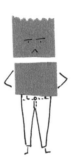

아아아

으으으

아.아아아아.아.

아아.아아아아아.아

아아아아아아아.아.아.아.아.

안 빠져.

고난의 무게

삶은 힘듦

화. 나서 먹었고

슬퍼서 먹었고

속상해서 먹었고

때때로

살아야 해서 먹었다

먹지 말아야 할 이유는

먹어야 할 이유보다

절실하지 않았고

이런 것도 못 먹는 인생이 무슨 의미인가

빛의 의미를 간직하기 위해 먹었다

내 삶의 무게는

내 고난의 무게

삶은 그렇게 무겁다

고난 청소

삶은 힘듦

그렇지만 삶은
내버려둔 먼지

매일매일 닦으면
별것도 아닌 것이
쌓이면 걷잡을 수 없다

매일매일 지워진 고난의 짐을
매일매일 어떻게든 해놓지 않으면
대청소는 고된 일
치워도 치워도 끝나지 않는 일

어차피 내일도 쌓일 테지만

오늘 치워야

내일 조금 덜 무거우리

알면서도

오늘도 차마 치우지 못하네

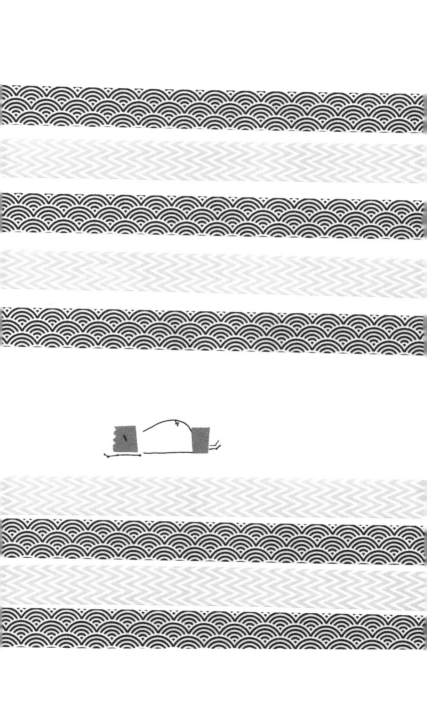

나폴레옹 다이어트

정상불가

오르고 또 오르면 못 오를 리 없다던데
나는 어째서 오르면 떨어지는 시지프스 돌인가

매일매일 떨어지면서도
매일매일 오르니
어느 때인가 올랐나? 오른 듯? 올랐을까?
했었는데
불현듯 안개가 걷히고 드러나는 요요의
봉우리는
태산 저리 가라 저것은 실화냐

매일매일 좌절하다가도

매일매일 오르니

어느 때인가 끝인가 싶었더니

아! 이 산이 아닌가비

냉정한 나폴레옹이여

근데 <나폴레옹 다이너마이트>

재미있었지…

Napoleon Dynamite

자아비판

OTL

내 몸 하나 어쩌지도 못하면서

나이

그리고 삶

적당히 살기 위해

죽을 만큼 노력해야 하는

진실

언젠가 드러난다

힘줘서 가릴 수 있거나
접어서 가릴 수 있거나
옷으로 가릴 수 있을 때
아직은 괜찮아 아직은 괜찮다며
스스로도 속일 수 있지만
체중계 너만은

너만은 안 되는구나

미션  파셔블

밀가루 살

아 왜 맛있어

살 살 살
그 많은 살 중에
밀가루 살이 제일 안 빠져
밀가루 너는
지옥에서 온 것이더냐

모던 라이프

돈 들어

쪄도 돈 들어
빼려 해도 돈 들어
건강한 건 죄 비싸
예쁜 옷은 다 작아
돈 들어 돈 들어 돈 들어

도시전설

사라진

살

찌고 싶은

사람이 있었지

매일 밤 하겐다즈 한 통을 먹고 자도

살 안찌더라고

그런 사람이

있었다지

살 빠졌네요

오랜만에 보니

당신이 대접받고 싶은 대로

남을 대접하라

순환의 기쁨

자연의 섭리

입맛이 없으면 식욕이 생기고

식욕이 없으면 허기가 찾아온다

허기를 면하면 입맛이 생기고

입맛이 생기면 식욕이 춤춘다

길흉화복

새옹지마

살 빠지려는 순간
건강운이 비상등을 켜고
안 먹어 하는 순간
먹을 복은 찾아온다

인터넷 쇼핑

고수가 되려면 아직 멀었다

머릿속의 나와 현실의 나의 거리는
한 치수

아무리 다가가려 해도
늘 벌어지는 정도
교환해도 속상해
반품해도 속상해
이러지도 저러지도
아직 멀고 먼 고수의 길

옷장정리의 질문

쌓여가는 슬픔

이번엔 입어야지

올해는 입어야지

그러나 결국 또

못 입고 만.

그래, 작은 옷.

옷장에 다시 넣어야 하나

말아야 하나

…노을이 찾아오는 여름 끝

겸손한 마음

오늘도 잘 찌고 있습니다

가진 재능이라고는

살찌는 재능

기부하고 싶다

마른 고양이여

잔혹한 세상

나는 이미 늦었다네

생각 없이 살아도

사는 대로 살아도

생각 없이 먹다가는

땅을 치고 후회하리

살을 얻고

시간을 잃다

도대체 무엇 때문에

무언가 잘못된 것 같다

왜 몸에 나쁜 건 맛있어요?
왜 몸에 나쁜 걸 만들었어요?
왜 몸은 맛있는 걸 좋아해요?
왜 인간은 그래요?

21세기 햄릿

사는 것처럼 산다는 문제

다이어트 할 것인가

더 할 것인가

현대 다이어트이론

이런 고뇌

과학인가 철학인가

실험하지 않으면 나아갈 수 없고

주저앉지 않으면 길이 보이지 않는

소식

소식은 소식

샐러드도 산처럼 먹으면 살찐다면서요

산처럼 먹지 않으니 제발

크루아상 따위

과일 따위로는

살찌지 않는다고

케이크는 살찌는 게 아니라고

말해주세요

현명한 예언

살아남아라

현명한 뇌가 세상의 기근이 다가오고 있다고
말했다
온몸이 비상사태에 돌입해서
없는 것도 찾아먹게 만들었고
먹는 것 이상 저장하게 만들었고
그렇게 내 스스로의 생명을
스스로 지킬 수 있게 만들었다

그러니까
어제랑 엊그제
조금 덜 먹은 까닭에

말하는 대로

그러니까 얼마나

말하는 대로 이루어지기를
말하는 대로 이루어도 진다면서
몇 번이나 얼마나 언제까지 말하면
말하는 대로 되는 걸까

맛있으면 0칼로리
맛있으면 0칼로리

오기

부리다가 숨 못 쉼

여름내 옷장에서 작아진 옷

날마다 어려지니 그리 좋더냐

그런다고 내가

몰라볼 줄 알았냐고

못 입을 줄 알았더냐고

오기 부려본들

안 되는 건 안 됩니다

숨은 쉬어야 살지

순간의 진실

매순간 최선을 다해서

안 되는 건 안 되는구나

작은 건 작은 거구나

안 빠지는 건 안 빠지는 거구나

아

먹고 싶은 거나 먹자

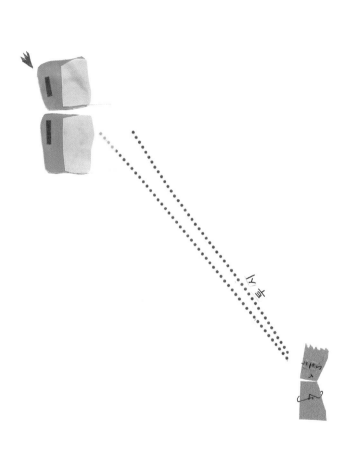

나의 고양이

우리는 같은 편

내 뱃속의 요정이 나와

니키가 되었나

입맛에 맞지 않는다고 버티다 버티다

배고프니 화내며 먹자마자

맛없다고 다 게워낸다

입맛에 맞는 거라 치면

허겁지겁 정신없이 먹자마자

너무 먹었다고 다 게워낸다

이러니 저러니 해도

맛있는 것만 많이 먹을 테다

라는 강력한 의지

그 의지의 요정이

내 뱃속에서 나와

그만.

스마트 다이어트

과학은 아직도 멀었군

아니야!!

넌 배고프지 않아!!

그건 단지 식욕

그걸 잠재울

살찌지 않으면서 지금 가장 적합한 영양소를

가진

이런 이런 맛있는 걸 추천해주지

자, 여기서 먹자!

그렇게 말해주는

스마트와치든 스마트반지든 스마트목걸이든

그게 무엇이든 스마트 테크놀로지라면

당장 가서 사버릴 텐데

하지만 추천은 꼭 맛있는 걸로

바지

바지들이 죄다 나를 떠나네

하하하

이 녀석이 작년엔 아주 컸었지만

올핸 아주 작아지고 말았죠

신발

신발도 나를 떠나네

그거 알아요?

발도 살이 찐대요

어쩐지 어쩐지

하지만 그 말

그 자리에서

당신에게 듣고 싶지 않았어요

쉬운 1kg

아 왜

고작해야

디저트 두 개

먹었을 뿐인데

헨젤도 그레텔도 아닌

살찌는 표시

손가락

이렇게 살찌는 사람

나밖에 없을 걸

먹으면 금세 통통해져

내가 헨젤이나 그레텔이었다면

그날 저녁 바로 잡아먹혔겠지

내 이름이 헨젤도 그레텔도 아니어서

다행인걸까

반지가 또…

단지 전력질주

한 번 달리기 시작하면

멈출 줄 모르지

마라톤은 안 되도

100미터는 거뜬히

그렇게 있는 힘껏

최선을 다해 사는 것을

사람들은

폭식이라 부르더군

소박한 소원

그것도 안 되나요?

아니 누가
모델이 되고 싶댔어
몸짱이 되고 싶댔어

바람 불어도 뱃살걱정하지 않게
앉았을 때 숨쉬기만 편하게
살쪄서 옷 새로 사야 하지 않게
고만큼만 고만큼이라고

살이 내리는 밤

눈은 녹기라도 하지

밤새 소리없이 내려

아침에 수북이 쌓인 살

낮에도 녹지 않네

나더러 어쩌라고

살찌는 계절

사시사철

말도 찌는 살이 나라고 별 수 있나

안 먹어도 찌는 가을

지방을 모아야 추위를 견디지

살아남아야 하는 겨울

환절기 못 챙기면 감기고생

늙지 않기 위해 먹어야 하는 봄

누가 더우면 살 빠진댔나

혼자 입맛 도는 여름

도대체 살 안찌는 계절은

어떤 계절인가

식사 예절

동방예의지국

남이 사주는 밥
정성들여 해준 밥
남김없이 먹어야 예의라서

어른보다 먼저
숟가락을 내려놓지 않는 게
예의라서

예의바른 나는
오늘도

거짓말 전쟁

나는야 진실된 사람

이것만 먹어도 배안고파

이거 먹어도 살 안 쪄

칼로리 낮은데 맛있어

한 끼 굶었으니 괜찮아

아무것도 안했는데 살 빠졌어

세상 모든 거짓말은

진실된 나를 이길 수 없어

오늘도 나는

배고프다

살찐다

맛없다

안 괜찮다

살, 안 빠진다

살이란 그런 것

제대로 살 수가 없네

한 번만 제대로 먹으면 말짱 도루묵

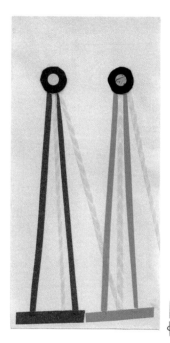

특별한 식사

욜로일 뿐이었어

지금이 아니면 다시 되돌아오지 않으니까요

인과응보

빼고는 다른 우주

어설프게 먹으면 어설프게 찌고

제대로 먹으면 제대로 찌고

적게 먹으면 나중에 더 찌고

찌고는 있는데

빼고는 어디 갔나

빼고는

어디 갔.나.

저기

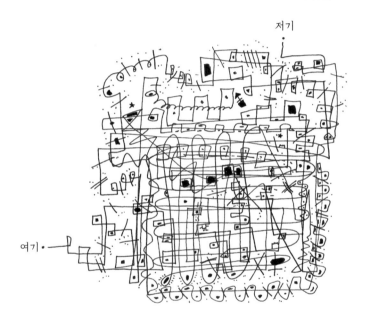

여기

살 빼는 지름길

세기의 배신

그러나 결국 누가 누구를 배신한 것인가

치마! 너 마저…

달콤한 칼로리

말해봐요 나한테 왜 그랬어요

일회분의 칼로리 크게 써놓을 거면

일회분만 포장해서 파시지요

고작 손바닥 한 줌의 일회분

눈 뜨고 코 베어가는 세상

보름달

공짜가 더 무서운 법이지요

．

　　달 차듯 살 차올라

　　보름달은 내 얼굴에 내 배에

　　일 년 열두 달 한가위라

　　추석은 덤으로 얻는 살

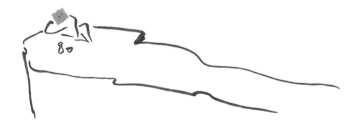

대면

외나무다리

기어이 오고 말았다

추석

추석

망했

공무도하 : 추석

다이어트 대실패의 강

잡채 한 젓가락

갈비찜 한 개

밥은 한 숟갈

나물 조금

약과랑 대추도 한 알

한과는 한 입

과일은 입가심

송편은 세 개 만

더

건너지 마오 마오 노래를 불러도

기어이 이 돌아올 수 없는 강을 건너고 마는

피부미인의 한 말씀

일 년 내내 한가위만 같아라

저 달을 보렴
찌고 빠지고 찌고 빠지고
일 년 열두 달 반복하면
저렇게 된단다
아! 피부가 망했어
그렇다면 차라리
차라리

가을소리

먹으면 찌는데 굶으면 왜 안 빠져

멀리 낙엽 마르는 소리

차가운 칼 되어 마음을 스치네

뱃살아 뱃살아

너를 미워한들 무슨 소용이

정녕 이제는 완전한 내 것이란 말이냐

배 _채 의 정 체

기차는 도착했다

강 건너 추석 세상
돌아오지 못하는 줄 알고
먹어버린 날들

갑자기 도착한 현실
늘어난 이 위를 어이 할꼬

열정

끝까지 먹기

이렇게 후회할 줄

알았으면서

협상 중

상생

머리 희고 주름지듯
살은
찌고야 말
운명인가

모름지기 운명이란
맞서 싸우든지
덤덤히 받아들이든지
라지만

이런 운명과는
길고 긴 논의 끝에

서로 만족스런 합의를

이루어내고 싶다

뫼비우스

살의 고리

살찌는 동안 먹으면

더 찐다는 걸 알면서도

살찌기 시작하면

더 멈출 수 없는 건

내가 왜 그랬을까

내가 왜 이러고 있을까

나는 왜 이 모양일까

그런 뫼비우스

이 나이를 살아도

나약해진 스스로를

일으켜 세울 방법은

알지 못한다

절망이여

나는 먹는다

함박 살

그냥 웃지요

허허허

올 겨울은 아주 따뜻하겠어요

이렇게 살이 많이 내렸으니

알고는 있지만 갈 수가 없다

얼굴 얼굴

매일 붓는 거라면

끝까지 부은 거라고

믿고 싶었지

얻은 옷

보기엔 될 것 같은데

입던 옷도 안 들어가는 마당에

얻은 옷은 말해 무엇하랴

보이는 살은 슬프지만

숨은 살은 송곳

깊숙이 찌른다

나조차도 이제야 알게 된

숨어 있는

반나절 긍정

얼굴 살 통통통

모든 일은 일장일단

보톡스보다 훨씬 자연스러우니까

잠시의 행복이라도 누리자

아

인생이여

숨구멍

정체기 루프

갖은 유혹 뿌리치느라 눈물을 머금으며

먹는 걸 줄여봐도 꼼짝을 하지 않네

정체기라 정체기라

언제까지 정체기인가

아주 오래 전부터 갇혀버린 건가

이래도 안 되고 저래도 못 나가면

몇 번이나 몇 번이고

억지로 지나친

크루아상 먹으련다

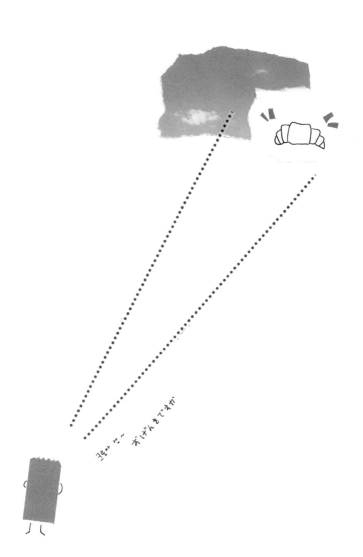

디지털 체중계

지나친 정직함

너는 왜 조금의 거짓말도 하지 않는 거냐

작심삼일

삼일만 가도 성공일 텐데

삼일도 못 간다

다음 날이면 다음 날이면

또 먹고야 말지

핑계도 당당하지

최면술

저장금지

언제나 무엇이든 마음껏 골고루

배부르고도 남게

굶은 일은 없을 테니

부득부득

저장. 같은 건 안 해도 된단다

내일도 잔뜩 먹자구나

저장. 같은 건 안 해도 된단다

절망 찬가

다이어트는 절망의 맨 앞줄

흣.

절망이란 그런 것.

시작은 있으나 끝은 없고

깊어질 뿐 헤어날 수 없는

다이어트란 그런 것.

식어버릴 사랑도

나눌 수 있는 슬픔도

모두 창 밖에 있다.

누가 그랬지?

누가 그랬지?

누가 뭐라고 그랬지?

쳇 절망이란 이런 것.

'절'과 '망'과 나의 茶 시간

살은 어떻게 찌는가

1.

우리는 누구나 반쪽이었다

2.

살이 찾아 온다

3.

이정도는 양보한다

4.

살은 평평해지려는 본성이 있다

5.

평평해지면 살찐 것 같지 않은 기분이 된다

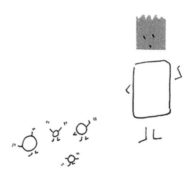

6.

그리고 살은 친구들을 데리고 온다

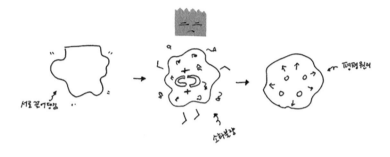

$$N + S = (K \times 1.5) + \alpha$$

N : 몸 안의 산

S : 몸 밖의 산

K : 늘어난 산 유게

α : 붕기

7.

몸 안의 살과 몸 밖의 살은
다른 극의 자기력을 가진다

8.

살은 온전히 내것이 된다

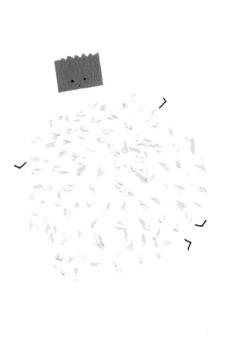

영접

이렇게 오시다니!

     방금 나온 크루아상

     내일 일은 내일에게

잃고 얻다

살.의 기억

요즘 쫌 부었어

그게 살찐 거야

뭐라는 거야 잘 알지도 못하면서

그리고 아마 그때

내 마음은

그를 다시 만나지 않기로 했다

그때처럼 다시

겨울이 되었고

나는 그를 더 이상 만나지 않지만

때론 그 잘 알지도 못하는 말만이

변하지 않고

남는다는 것을

잃고 잃고 얻는 것

케이크의 무게

어제 먹었다

영혼보다 무거운

케이크 한 조각의 무게

1kg

커피잔은 거들 뿐

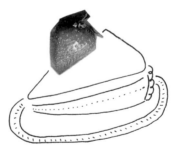

다크나이트 저주

난 밑줄도 안 그었는데

도서관에서 빌린 책에 밑줄 긋는 사람은

안 먹어도 살찌고

먹으면 두 배로 찌고

내 살을 가져가게 될지어다!!!

잘 찐 살

눈치 채지 못하게 잘 찐 살

겨울이 제일 만만하더냐

말랑가면

잘 모르겠는데 먹고 싶을 때

말랑말랑해진 살
찌는 중이야 빠지는 중이야
어른 말을 잘 들으면 자다가도
인절미가 생기려나
좋게 좋게 생각하렴
좋게 좋게 생각하렴

모래 바늘 찾기
내일은 아니어도 언젠가

나도 모르게 떠돌고 있는가

어디에선가 어디에서라도

실오라기 같은 희망이라도

콩콩거리는 다독거림이라도

모래를 다 뒤집어서도

바늘을 바늘을

그렇게 조금이라도 더 나아가기 위해

위로를 찾아서

내일모레글피면

조금씩 살

빠질 거라고

킬
살

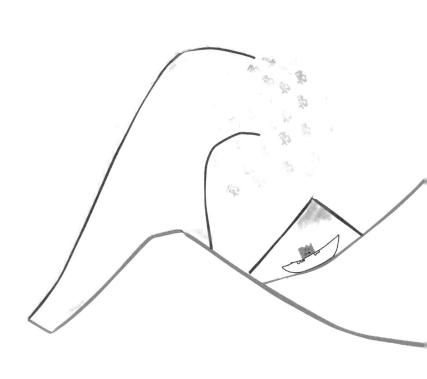

겨울바람

얼음처럼 굳는다

원하지 않아도 오는구나

겨울이여 살이여

중간보고

최면술을 걸었더니

1kg 빠지고

1.5kg 늘었다

어떡하지

연말의 살

틈에 끼어 살찐

안 먹으면 더 먹게 되고
먹으면 더 먹을 수 있게 되니
기념일은 기념하고
안주는 술을 위해
축하를 위한
위로를 위한
용기를 위한
크리스마스와 뉴이어는
숨쉴 틈 없이 붙어서
소중한 하루하루를 위한
영혼의 음식
살이여 빠질 시간이 없다

올해는 곧 끝나고

새해는 아직 오지 않았으니

핑계의 근원

삶과 살과 절망의 삼각형

모든 절망의 핑계를 살 탓으로 돌리자

모든 살의 이유를 나이 탓으로 돌리자

나이는 시간 탓이고

시간은 거기서 끝나니

내가 어찌해도 어쩔 수 없는 것

그것이 결국 절망

체중계 위에 놓인

산다는 것의 무거움

신년인사

뭘 또 일부러 찾아오고 그래

안녕 새로운 살들아
새해를 맞아서 찾아와주었니
세상에 처음부터 원수가 어디 있겠니
조금만 머물다가
갈 때는 친구들도 데리고 떠나려무나

사필귀정 인과응보

귀 막고 먹기

노력했지만

빠지지 않았다 아니,

더 쪘다

이유는 모르는 건지 믿고 싶지 않은 건지

모른 척한 건지

운을 믿었던 건지

어떤 옳은 말도

지금은 들리지 않아

지금 이 순간만은

당당한 이유

살찐 이유

이 정도도 안 먹으면 어떻게 살아

투쟁

하필이면 이때

희망의 빛이 보이려고 할 때

감기가 덮쳤다

이겨내려면 먹어야 해

의지를 드높이며

나는 먹었다

그랬을 뿐이다

나는 기나긴 강

살이 넘쳐 흐른다

소용돌이치며 나아간다

폭포가 되어 넘친다

그리고 다시 흐른다

마르지 않는 기나긴 강

살이 넘쳐 흐른다

바다는 없다

단체사진

사회생활

오랜만에 단체사진

그제야 살찐

나를 보네

마음의 나이

마음은 더 이상 늙지 않는다

살이여

너를 받아들이기엔

내가 너무 젊다

아침 지하철

무한아침루프

잔뜩 먹었는데 돌아서자 잊다

태연한 척 소리까지 내는구나

너무 크지 않니 옆 사람이 자꾸 본다

나 아닌 척 시침 떨어도

다시 한 번 큰 울림

아침밥 안 먹은 얼굴 할 수 밖에

자신과의 싸움

이겨서 뭐하나

지는 것도 나인데

모두 나인데

완벽한 이유

추우니까

미안하다 너는 인생의 것

넘어지고 넘치다

세 번의 절망과 반 번의 희망

살이 인생에 없었더라면

살은 살일 뿐이었더라면

세 번의 절망은 인생의 것이라고

살에게만 희망이란 새로운 이름을

지어줄 수도 있었을 텐데

도시전설 모음

실제로 본 사람은 없다는

빈손으로 성공하기
스펙 없이 취직하기
고양이 비위 맞추기
다이어트로 살빼기

전설 중의 전설

이상기후

아하하하하

한 숟갈 더 먹으면 어김없이 살이 된다
한 끼는 굶어도 온 살 가지 않는 것은
지구 온난화 탓인가

의욕

먹으면서 생각한다

어떻게 살을 빼지

이런 생각하면서

어떻게 먹지 않을 수 있겠어

시작

돌이킬 수 없는 그곳

맛만 보려고

체중계 위에서

지금의 무게

포기도 안 되고

나아갈 수도 없는 그곳에

서 있다

무자비한 숫자 앞에

어설픈 희망

이 절망은 어떻게

희미해지지도 않는가

특기 발견

나만의 재능

이렇게 하면 남들 다 빠진다던데

왜 나만 안 빠져

아아 대단한 재능

나만 안 빠지는 특기

왜 나만

안 빠져

논제로섬

결국 언제 후회할 것인가 하는 문제

이럴 줄 알았지만 멈출 수 없었어

그때 그만두었더라면

그때 슬프고 지금 행복할까

그때 행복했으니 지금 이런 걸까

도대체 누구를 위한 슬픔과 행복이었던 걸까

담담한 어른

지방이 아니라 근육이다

비로소 어른이 되면 근육이 생긴단다

마음의 근육

뇌의 근육

혀의 근육

그리고 역시 내장 복근

단단하고 무거운

어른이 되었다

안타까운 이별

계절이 바뀔 때마다

살 빼서 꼭 입겠다던 굳은 약속

어찌하여 저버리고

이렇게 버리시나이까

꿈처럼 추억

가물가물

그때는 도대체 언제였던가

살찌지 않은 기분을 느껴보았던 게

아무 걱정 없이 먹어보았던 게

금방 살 뺄 수 있다고 자신할 수 있었던 게

과거는 눈부시게 빠르게 멀어지고

미래는 무겁게 움직이는가

누구의 잘못

나 너 거울

이 정도는 괜찮아

아직은 괜찮아

네가 어디가 살쪘어

그래 이 정도는 살찐 게 아니야

어, 언제 이렇게 살쪘지?

너 왜 이렇게 쪘어?

길을 걷다가 마주친 철학적 문제

다크써클은 기본

쇼윈도에 비친 나는

내가 알던 내가 아니었다

내가 알던 나는 어디로 간 걸까

그런 나는 처음부터 없던 걸까

나는 지금 누구인 걸까

자아 반성

이제야

평생을 다이어트인데도
무게와 부피는 늘어만 간다
난 도대체 무엇을 하고 있는 거지?

이 정도

긍정적 마음의 무거운 배신

이 정도는 옷의 무게

이 정도는 마신 물의 무게

이 정도는 부어서

이 정도는 금방 뺄 수 있어서

야금야금 늘더니 어느새

금방 뺄 수 있는 살은 없었다

어떤 기적

어쨌든 0.01% ㅜ.ㅜ

그 방법.

왜 나만 안 빠지지

봄 배

옷이 얇아진 소리

무심코 내려보니

완만하게 배 나왔구나

얇은 옷에 부는 봄바람

잊고 있었구나

봄이구나 바람 불고

곧 여름 오겠구나

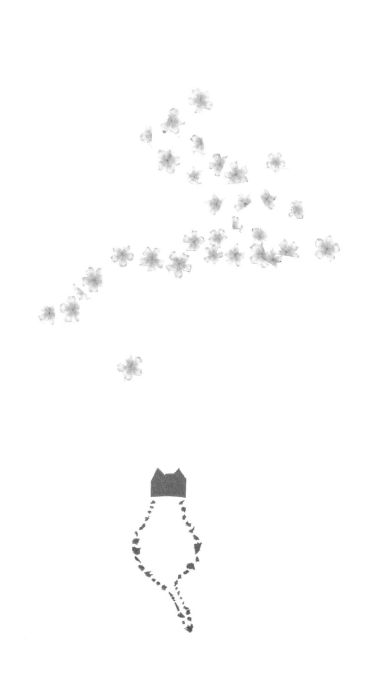

뚠 뚠

뚠 뚠 뚠

뚠뚠한 나는

뚠뚠하다

남겨둔 옷

준비와 의지 사이

살찌면 입어야 해서

남겨둔 옷

눈에 띌 때마다 알 수 없는 근심이 된다

나는 언제부터 이렇게 준비성 많은 사람이

되었지

하다가

나는 언제부터 이렇게 의지박약한 사람이

되었지

도 하고

세상에 성숙한 것 같기도 하고

그저 핑계인 것 같기도 하고

내일은 칼같이 버려야지 하다가

세상사 그런 건 아니란 걸 알잖아 하다가

돌아섰다가 다시 넣어뒀다가

살 빼면 입으려는 옷보다

더한 옷

젊은이의 웃음소리

밀가루 앞에서도 당당하구나

양손가득 빵 봉지

벌써 오늘 세 차례 빵집 맛집 순례

부럽구나 네 두려움 없는 젊음

맛집 수행자

칭찬은 식욕을 춤추게 한다

사실 그게 칭찬이었던 걸까?

살 빠져 '보여'라는 칭찬에

살 빠졌다고 마음이 기울어

살 빠져 보여가 너 말랐어로 들리고

마른 나는 한 번 더 먹어도 된다고

…이런 마음 어떻게 순식간에 되는 거지

순식간에 쪄버린 1kg

돌아서서 후회한다

돌아서서 후회하고 있다

엉 엉 엉

절망과 희망의 경계

그 사이에 있을 때

돌아온다

자꾸만 돌아온다

고작해야 0.5 혹은 1kg

하루를 못 넘기고 돌아온다

이만큼 시간이 지나도

결국 나는

하나도 빠지지 않았구나

발이 묶였다고 생각하면 절망

미로에 빠졌다고 생각하면 희망?

절망하면 절망 밖에 보이지 않으면서

희망해도 절망은 따라오는 걸

이 선 위에서 나는

절망은 더 무거워지는 돌

절망을 외면하면

절망하지 않을 거라고

그렇게 생각했었어

일단은.

그랬어

살쪘어

세상의 균형

나 따위가

내가 살찌고 있을 때
당신은 살 빠지고 있었습니까
세상의 균형은 그렇게
유지되고 있는 겁니까

탄식

아… 신이여…

아마 신이라도 이렇게 말하겠지

다이어트 성공 말고 다른 소원이라면

들어줄 수 있을지도 모른다고

마음은 몇 개인가요

이번 생은 틀린 건가

절대로 먹지 않겠다고 해놓고서

보는 순간 변해버리는 마음

지금은 먹고 보자고 해놓고서

재는 순간 허벅지를 때리며 운다

다 알면서 또 순식간에

변해버리는 마음

조금 작은 희망

희망은 녹아버림

　　　조금 작은 것과 조금 큰 것

　　　희망적인 인간은

　　　조금 작은 것을 골랐다

　　　살 조금만 빼서 입어야지

　　　희망은 어디로 갔는가

　　　여름은 깊어가고

　　　살은 부어가고

이해득실

아무 것도 하지 않으면 아무 일도 일어나지
않는다길래
절망이라도 하면
살 빠지는 줄 알았지
절망해서 나는 도대체
무엇을
얻은 걸까

모순

세상은 어차피 모순투성이

이런 말 하기 부끄럽지만

정말이지

입맛은 없어요

그런데

먹으면 잘 먹어요

두려움 없는 청춘

나는 지나왔다

떡볶이를 먹고

코카콜라를 마시는

너는

청.춘.이구나

안전한 필터의 세계

매트릭스는 현재진행형

필터 없는 사진을 어떻게 찍어

보정하지 않으면

내가 아는 내가 아니다

머릿속의 나와 사진의 나는 만날 수 있는데

현실의 나는

도대체 누구의 현실

도대체 누구의 현실

도대체 누구

살.아간다는 것

너는 고작 살.이라고 말하지만
나는 힘든 살.아감이라고 말한다
살아가는 데는
의지만으로도
노력만으로도
인내만으로도
충분치 않았으나

수백 번 수천 번 좌절하면서도
어쩌면 다행히 아직도
희망을 잃지 않는
나의 살

그

살아감

鮎魚竹竿

점어죽간

맺음말

되는 일도 없는데 살도 안 빠질 때
한 마리의 고양이가 떠나고
남은 한 마리의 고양이가 아프기 시작했을 때
이젠 펼 수도 없을 것 같이 마음이 구깃구깃해졌고
하늘은 점점 어두워지고 있었지만
그렇다고 마냥 울고 있을 수만도 없다는 것도
잘 알고 있을 때

이 글과 그림은 시작되었다.

아마
버텨내기 위해서였는지도 모르겠다.

남은 한 마리의 고양이마저 떠나고
동굴에서 나올 수 없을 때

그 어둠에 깊게 잠겨가고 있을 때
이 책이 시작되었다.

이제 보니
시간은 버텨내야만 간직할 수 있는 것인지도 모르겠다.

그 어둠 속에서
나를 끌어내 준 이 책을
고맙고 소중하게 마음에 새긴다.

콩이는 벚꽃으로 니키는 눈으로,
천 개의 바람이 되어 다이아몬드 햇살이 되어
그 호기심 어린 눈으로 세상을 날아다니겠지.
그래도 잠깐씩
내게도 돌아와주렴.

지은이 **재윤**

글을 쓰거나 콘텐츠 기획을 하거나 큐레이터라고
불리기도 합니다. 영화를 생각하고 그림을 그리기도
합니다. 저서로는《고양이 니코의 하드보일드 라이프》가
있습니다.